微澜心语

WEI LAN XIN YU

梅爱光 著

陕西新华出版
太白文艺出版社·西安

图书在版编目（CIP）数据

微澜心语 / 梅爱光著 . -- 西安：太白文艺出版社，2024.9. -- ISBN 978-7-5513-2796-1

Ⅰ. I227

中国国家版本馆 CIP 数据核字第 20245BD281 号

微澜心语
WEI LAN XIN YU

作　　者	梅爱光
责任编辑	张　瑶　杨钰婷
封面设计	玉娇龙　高　颖
版式设计	玉娇龙　高　颖
出版发行	太白文艺出版社
经　　销	新华书店
印　　刷	武汉怡皓佳印务有限公司
开　　本	880mm×1230mm　1/32
字　　数	110 千字
印　　张	6
版　　次	2024 年 9 月第 1 版
印　　次	2024 年 9 月第 1 次印刷
书　　号	ISBN 978-7-5513-2796-1
定　　价	69.00 元

版权所有　翻印必究
如有印装质量问题，可寄出版社印制部调换
联系电话：029-81206800
出版社地址：西安市曲江新区登高路 1388 号（邮编：710061）
营销中心电话：029-87277748　029-87217872

自序〉〉〉

余生于"诗词之乡""楹联之乡"之鄂东黄梅县,生于斯,长于斯。自少时,便耽于诗词之趣,但囿于家境不优渥,囊中羞涩,缅忆诗书多为借阅,倍感珍贵,速阅读亦速撰抄,呈如饥似渴状。毕业入职省城武汉,闲暇不忘旧爱,主习新诗,数十载对古诗词时有习之,时亦弃之,多为即兴之作,戏称打油诗,少许可归属古风类。近年始推究起古诗词的押韵、平仄及对仗,还有其章法"起承转合"。研习诗律词律,深感其声韵之美、对仗之美,还有哲思警句,每每吟咏间,如清泉之甘,似芳草之馨,犹鸿钟之鸣,有莫名写作冲动。每获佳句,欣喜若狂,欲与人共赏。诗词可与天、与地、与人相合,肆意挥洒,体验诗情人生,不亦说乎!岁月荏苒,笔耕有年,今择其集成一帙,曰《微澜心语》,共分四辑,有涂歌于季节,有寄情于山水,有留恋于情怀,有采撷于杏林。欲以共情声韵,托志诗词,毕竟修为尚浅,诚惶诚恐,难得执着之爱,毅然决然,行而不辍,履践致远。

诗词者,情感之澜,心灵之语。或飘逸如仙,或沉郁于石,皆能触人心弦,发人深思。余之所作,虽非字字珠玑,然皆出自肺腑，情真意切。山水之间，有我之悠然；人事之中，有我之感慨。每一字、每一句，皆是我心之所念、情之所牵。

余尝漫步于青山绿水之间，听花开花落，看云卷云舒，心旷神怡，灵感乍现。故诗中多绘自然之美、咏物之趣。又尝观人世百态，体验生活甘苦，故词中亦述人生感悟，情感长波。字字句句，皆是我对人世的理解，对生活的热爱。

诗词之道，难弃文字之功、格律之约、天地之悟、人心之束，可谓博大精深，余仅略窥一二，然深知学无止境。此集之成，既为记录过往之心路，亦为激励未来之进取。愿诸君共赏之，共鉴之，亦愿诸君不吝赐教，助力日臻完善，以得余生共享诗词之欢愉。在此向为此书出版付出诸多努力的各位老师及亲友同人，表示诚挚的谢意！

是为序。

梅爱光

2024年5月于武汉

目录

第一辑 季节韵歌

003　夏雨剪影偶得（新韵）
004　雨后七夕（新韵）
005　秋夜静思
006　中秋吟（新韵）
007　有感星月（新韵）
008　立冬即景有感
009　冬日午间江滩小憩（新韵）
010　冬寒有暖
011　立春日再游江滩有感（新韵）
012　春雪
013　相约三月（新韵）
014　春降冰雹雨
015　春光
016　春分（新韵）
017　春寒（新韵）
018　清明（新韵）

019　一七令·夏

020　风入松·夏游园有感

021　芳草渡·夏夜吟

022　梅弄影·夏景一瞥

023　点绛唇·夏雨

024　壬寅晚立秋（新韵）

025　秋荷

026　秋蝉

027　汛期反枯有感

028　秋夜月·中秋吟

029　秋分（通韵）

030　重阳

031　霜降日登楼随吟

032　芳草渡·初冬夜吟

033　深秋江堤随拍随吟（新韵）

034　小雪（新韵）

035　一元复始（通韵）

036　小寒随吟

037　雨水（新韵）

038　一七令·春

039　春分日感春

040　冬梅与春花

041　醉春风·春怨

042　探春令·寻春

043　暮春

044　梅雨夜歌

045　夏雨无常

046　入伏随吟

047　大暑大考

048　秋分

049　听秋随吟（通韵）

050　一七令·秋（通韵）

051　霜降

052　一七令·冬

053　冬至

054　大寒

055　立春听雪

056　春分

057　春寒

058　我欠春天一首歌

059　暮春夜感怀

060　水仙子·立夏

061　朝中措·小满（通韵）

第二辑　山水情澜

065　恩施石林

066　恩施大峡谷（新韵）

067　长江堤岸野餐有感（新韵）

068　江滩向晚掠影（新韵）
069　望江（新韵）
070　东湖落雁景区踏春（新韵）
071　望江（通韵）
072　周日午后江堤拾趣
073　忆游云雾山花海（新韵）
074　武汉野芷湖公园拾趣（新韵）
075　江堤掠影有感（新韵）
076　向晚
077　画堂春·雨后情
078　秋日江岸掠影
079　望江（通韵）
080　晨起望江吟
081　东湖秋岸（通韵）
082　冬日江堤帐中随吟（通韵）
083　夜巡武昌紫阳湖（新韵）
084　日探谷夜问村（新韵）
085　黄昏江堤所见有感
086　夏夜江畔感吟
087　夏夜追景
088　独步掠影
089　秋游颐和园（新韵）
090　京沪行（通韵）
091　蜜泉湖随吟
092　秋湖夏沙掠影（新韵）
093　江堤夜拾景（新韵）
094　寺前掠影（新韵）

095 蔡山晋梅（通韵）
096 泉城喜乐见（新韵）
097 趵突泉（新韵）
098 大明湖感吟
099 阮郎归·初夏夜步江滩
100 东湖拾图随吟（通韵）
101 夜遇情痴钓客有感
102 武昌紫阳公园随吟
103 夏夜武昌汉阳门拾图

第三辑 家国抒怀

107 清明祭（新韵）
108 错过
109 青年节登恩施土司城
110 恩施入梦（新韵）
111 建党百年欢庆有感（新韵）
112 建军节感怀
113 江上划桨板运动掠影（新韵）
114 忆师恩
115 无题（新韵）
116 国庆吟（新韵）

117 国庆夜江滩掠影（新韵）

118 依依

119 长相思·家人生日聚庆（新韵）

120 贺省卫生健康法学会成立（新韵）

121 珞珈诗社首次参会有感（新韵）

122 贺新春（新韵）

123 贺神舟十三号载人飞船凯旋（通韵）

124 慎独（新韵）

125 贺父亲生日有感（新韵）

126 携母探望九十四岁姨妈（新韵）

127 自嘲（通韵）

128 国庆节与老友武汉相聚（新韵）

129 心留一抹红

130 百转千回

131 满江红·过年（通韵）

132 二月春思

133 赏文品韵

134 李强老师新诗分享会

135 好汉归来

136 返乡黄梅感吟

137 立夏次日长胜街感吟

138 回乡下老宅（新韵）

139 武汉体育中心观中超联赛随吟（通韵）

140 "七一"建党节抒怀

141 主场首胜

142 西柏坡行吟（其一）

143 西柏坡行吟（其二）

144 冉庄行吟（通韵）

145 无题

146 偶吟

147 观《志愿军：雄兵出击》（新韵）

148 窗望

149 走马（新韵）

150 曲阜随吟

151 青年节返程感吟

152 夕阳醉吟

第四辑　医苑采风

155 驰援

156 贺夏中元教授（新韵）

157 医苑"三八节"有感

158 "三八节"同乐（新韵）

159 贺洪莉教授（新韵）

160 致敬"5·12"国际护士节

161 临江仙·贺人民医院第九次党代会（通韵）

162 贺第五个"中国医师节"暨医师表彰会

163 咏王高华教授

164 悼武汉大学卢烈红教授（通韵）

165 追悼"听诊大王"李庚山教授（通韵）
166 "三甲"复审有感
167 记湖北省卫生健康法学会2022年学术年会
168 健康科普（通韵）
169 医学创新
170 医师节随吟
171 集体婚礼随吟（通韵）
172 法润医苑
173 建院百年感吟
174 诗润人民医苑
175 东院冰梅

第一辑
DI YI JI

季节韵歌

微澜心语
WEI LAN XIN YU

夏雨剪影偶得(新韵)

夏雨研学静叩窗,
池幽戏水见几双。
时节多有风雷电,
亦可不虚一寸光。

2021.7.4

雨后七夕（新韵）

秋蝉雨后怨涛声，
钓客亲江最忘情。
夜半双星何所见，
同心障蔽两穿行。

2021.8.14

秋夜静思

夜幕静多情，
秋闻叶叩声。
江湖无溅泪，
淡寂早心平。

2021.9.3

中秋吟（新韵）

月至中秋总动情，
新知旧识乐折腾。
年年把酒邀相醉，
岁岁沏茶顾自明。
夜滞湖光灯告送，
香凝桂影兔来迎。
风牵叶落归根地，
众望团圆笑涕零。

2021.9.21

有感星月（新韵）

望月择十六，
江堤夜驶停。
人多逐皎亮，
幕后苦稀星。

2021.9.22 夜

立冬即景有感

一夜风摧不见秋,
今晨突变把寒留。
江花踊跃层堆浪,
岸景冬藏可望休。

2021.11.7

冬日午间江滩小憩（新韵）

蝴蝶忘我恋菊香，
但见蜂飞采粉忙。
不辨冬春皆秀色，
忧心负减可抛江。

2021.11.14

冬寒有暖

大雪倾城羡慧才，
梅香月色梦中来。
天南海北心生暖，
煦润春花四季开。

2021.12.7

立春日再游江滩有感（新韵）

岸晓百花残，

离别数月还。

春风摇绿水，

丽日暖青山。

老友逢年聚，

新朋享刻欢。

五环歌盛世，①

践诺畅同餐。

注释

①五环歌盛世：第 24 届冬季奥林匹克运动会于 2022 年 2 月 4 日在北京开幕。

2022.2.4

春雪

新春放眼有飞花,
雪落迟徊处处家。
二月草芽羞待见,
白衣出彩亦芳华。

2022.2.7 午间

相约三月（新韵）

相约三月看桃红，
燕舞蝶飞渺雾中。
一段春光深有浅，
湖幽着色等东风。

2022.3.3 凌晨

春降冰雹雨

仲春来骤雨，
众望道冰姿。
纵有吉祥兆，
焉能富贵痴。
花开非艳日，
叶落亦良时。
送暖潜辉夜，
寻芳怨暮迟。

2022.3.16 夜

春光

三月春光乐见阳，
清波绿树暗生香。
心潮总有归宁日，
不及诗书伴我长。

2022.3.17

春分（新韵）

春分不减寒，
午起少晨餐。
昼夜无长短，
阴晴有窄宽。
沏茶浮绿水，
对酒望青山。
胜景朦胧醉，
心归丽日还。

2022.3.20

春寒（新韵）

三月江城细雨中，
春雷震耳夏成冬。
樱花不辨东风意，
只剩愁情挂半空。

2022.3.23

清明（新韵）

四月花开柳泛青，
寻春野趣正清明。
忠魂翰墨思成雨，
如愿欢歌处处莺。

2022.4.5

一七令·夏

夏。
风微,日霸。
躺竹床,趋藤架。
坐看云涌,闲谈雨下。
荷摇水波香,蝉鸣丝柳雅。
农忙稻田劳作,童恋沙泥戏耍。
村烟缥缈韵为歌,家燕信诚情入画。

2022.5.14

风入松·夏游园有感

　　夏池轻舞绿荷风。晨露沾红。清香惹柳屏遮面,笑仍然、怨望时匆。蝉议叶枝意满,蛙邀萍藻情空。

　　静心侵扰有蚊虫。错过惊鸿。看涟漪鸟频亲水,荡秋千、圆梦初衷。锋显处囊似箭,志存伏枥如弓。

2022.6.8

芳草渡·夏夜吟

炎辰近,夜难凉。云笼月,借星光。风摧霄外望穹苍。稍顾盼,多少事,刻新伤。

孤单处。愁几许。屹立江堤一树。流相伴,泪多尝。何言苦。歌有雨。寄安康。

2022.7.10

梅弄影·夏景一瞥

夏荷香送。叶露蛙声宠。飘曳花娇欲拥。一对流莺,笑闲人语重。

夜深追梦。辗转心生痛。莫道轻风非懂。困倦街灯,迎晨光律动。

2022.7.12

点绛唇·夏雨

　　一夜声敲,晨推窗送千丝雨。洗清尘雾。炎夏寻凉处。

　　绿径通幽,可晓途中苦?君不语。骄阳感遇。无悔忘迟暮。

2022.7.17

壬寅晚立秋(新韵)

落日残阳未见红,
秋风送暖月星逢。
荷花摇曳群蛙跳,
独自声催赶夏踪。

2022.8.7

秋荷

一池荷败满园秋,
水出微澜未见舟。
藕上花红多映碧,
娇痴借酒亦遮羞。

2022.8.14

秋蝉

秋蝉唤客归，
叶动溅余晖。
惊愕别枝去，
迷离乱引飞。

2022.8.24

汛期反枯有感

长江伏汛昔无涯，
亲水平台一片沙。
吾劝天公停厝火，
和谐万物众生夸。

2022.8.28

秋夜月·中秋吟

　　长空秀莹。便道是、中秋月圆辉映。几度风,落花流水寻心净。望天宫,伤月桂,众友怡然烹茗。我自放歌催醒。

　　千年月冷。转瞬逼眼前,可晓知移幸。叶怨咎秋牵挂,一地归宁。满则溢,圆有界,洒添光景。柳话离愁,问谁倾听?

2022.9.12

秋分（通韵）

枫红挂露欲秋分，
冷夜蝉急几度闻。
卸甲宽中皆可去，
重情哪有不识君。

2022.9.24

重阳

一夜秋风阻虎凉,
节气闹热又重阳。
登高未辨茱萸意,
论剑华山菊沁香。

2022.10.4

霜降日登楼随吟

霜降渐秋终,
登高欲目穷。
水中添一线,
岸上画些红。
菊艳得时紧,
梅香待日匆。
神偷皆岁月,
云淡碧长空。

2022.10.23 午后

芳草渡·初冬夜吟

初冬始,夜风凉。云卷月,蔽星光。心摧秋叶遍枯黄。依旧在,多少事,又添伤。

栖身处。愁几许。四面堆声可堵。长存梦,泪多尝。何言苦。寒雪雨。候梅香。

2022.11.6

深秋江堤随拍随吟（新韵）

秋韵胜春潮，
风轻恋柳腰。
江堤人放醉，
不见蕊蝶聊。

2022.11.7

小雪（新韵）

小雪时无雪，
星寒梦见霜。
误冬多少事，
一夜雨敲窗。

2022.11.22 晨

一元复始（通韵）

复始星辰日月天，
阴阳生克斗三年。
轮回不问存亡理，
总有人杰奏凯旋。

2022.12.31 晨

小寒随吟

高楼远望小寒生，
捻碎星光遍落英。
难见菊冬春意闹，
梅香先递不留名。

2023.1.8

雨水（新韵）

昨日雨淋微，
今朝沐曙晖。
和风甘送暖，
皓气涩除悲。
春笋争相去，
飞鸿独恋归。
水添生万物，
莫妒一枝梅。

2023.2.19

一七令·春

春。
叶绿,根新。
风拂面,雨沾身。
归燕安宿,恋蝶乐巡。
郁葱山有迹,恬淡水无痕。
迷眼见桃瓣展,虚心听竹枝伸。
秀色满园攻随意,暗香一树守本真。

2023.3.11

春分日感春

春分季诺燕分飞,
昼夜均长情可违。
最懂杏花犹未放,
只因不遇雨飘霏。

2023.3.21

冬梅与春花

疏影凌寒势薄微,
一枝独秀暗香飞。
阳春三月众争艳,
总有飘零何处归。

2023.3.25

醉春风·春怨

转瞬清明去。相思风剪语。炊烟缠燕望归时,堵。堵。堵。折柳南枝,杳蒙千里,怨非无路。

夜半窗前雨。声促何曾悟。暮春狂飙几回闻,苦。苦。苦。沉梦孤洲,绿堤可见,把心倾诉。

2023.4.12 夜

探春令·寻春

　　春归何处,树湖相映,芳菲犹尽。茂枝借奏蛙声闻。夜阑色、人将困。

　　忽听梦有轻歌引。却惭身逃遁。又一年、四月韶华,休等再负桃花运。

2023.4.14

暮春

一夜潲潲半落红,
春光已老绿成丛。
飞空柳絮发添雪,
心有冰霜期化融。

2023.4.29

梅雨夜歌

梅雨伤身少路人,
专情速递湿红尘。
愁星怨月群花谢,
独善清风守本真。

2023.6.18 夜

夏雨无常

夏雨无常蛊惑多，
繁星点点抹成河。
听窗自释揪心事，
少唱浮生若梦歌。

2023.7.9

入伏随吟

三伏暑天长,
荷花十里凉。
骄阳赊绿伞,
夏雨变丝缰。
聒噪蝉生热,
清幽桂吐香。
风和潜入夜,
戏谑日痴狂。

2023.7.11 夜

大暑大考

日光滚烫稻禾疯，
雨虐荷花几点红。
冷暖不知天上月，
狂飙亦荡广寒宫。

2023.7.23

秋分

秋分昼夜暑寒平,
挂露枫红雁独鸣。
叶落归根皆可去,
生津益气重持衡。

2023.9.23

听秋随吟（通韵）

丹枫染路念秋深，
冬至寒梅望雪临。
缝补折叠皆往事，
何方纵步我独吟。

2023.9.27 夜

一七令·秋(通韵)

秋。

叶落,星泅。

云月逗,草藤羞。

风惹离恨,雨敲别愁。

品茗波苇岸,酌酒浪沙洲。

高处枉读我意,尽头恝视君求。

拈花一笑惟闾巷,折桂无声负玉楼。

2023.9.29

霜降

霜降雁飞切，
秋深枫落伤。
菊催人意暖，
入夜梦还长。

2023.10.24

一七令·冬

冬。
劲竹,苍松。
思月冷,见星穷。
青灯浊酒,苦雨凄风。
雪飞栖鸟素,霜打落枫红。
枯叶坠折冻影,暗香牵累芳踪。
只道天寒空岁怨,却逢室暖似春浓。

2023.12.15

冬至

冬至夜悠长,
时迁日渐阳。
地寒冰作盾,
天冻雪为裳。
午品羊汤美,
宵餐菜饺香。
如年当祭祖,
一醉梦难忘。

2023.12.22 子夜

大寒

绝寒欲有雪怜冬,
松竹萧骚浩气逢。
摇落冰蕤生妒意,
等闲几日又春浓。

2024.1.20

立春听雪

立春作序雪辞冬，
银粟纷飞五谷丰。
一夜城枝多碎骨，
才知听韵问梅踪。

2024.2.4 夜

春分

春分一季日均长，
细雨轻风惹柳狂。
不问多情堂榭燕，
几人应景晓耕忙。

2024.3.17

春寒

春风变脸朔风寒,
归雁成行恨落单。
独恋韶光依旧在,
山花可作我衣冠。

2024.3.25 夜

我欠春天一首歌

我欠春天一首歌,
本真呐喊变蹉跎。
花开百日终悲去,
鸟叫三声始乐呵。
月下清心人少虑,
风来冷脸事多磨。
此情可待芳菲尽,
纵让寻欢又几何。

2024.4.7 夜

暮春夜感怀

暮春夜半再探春,
花落谁家念故人。
灯火无须争月色,
飘零雨打拭心尘。

2024.4.27 晨

水仙子·立夏

　　拈青梅子写柔茵,昨雨霏霏送暮春,高飞异域亲相认。心通若比邻。

　　风轻初夏时新,花多润,柳拂尘。疯长缤缤。

2024.5.5 立夏

朝中措·小满（通韵）

麦值小满量还轻，荷芰渐塘盈。翠柳含烟燕舞，旺禾重晒蛙听。

人生万象，知足常乐，不务虚名。花看半开刚好，留白一处心宁。

2024.5.20 凌晨

第二辑

DI ER JI

山水情澜

微澜心语
WEI LAN XIN YU

恩施石林

沧海变桑田，
虽枯石更坚。
神工层细刻，
游客步强牵。
举重当轻若，
含辛视蜜绵。
放飞山野外，
一线可窥天。

2021.5.2

恩施大峡谷（新韵）

天衣无缝何来雨，
地有白云大谷中。
一柱擎天独弄影，
情倾立壁几棵松。

2021.5.3

长江堤岸野餐有感（新韵）

坐看烟霞晚，
飞禽吻大江。
云悠堤入画，
浪涌树生香。
汉味多独品，
亲情不怕凉。
黄昏时顿悟，
退也撞南墙。

2021.7.6

江滩向晚掠影(新韵)

夕阳弄影随波去,
叹纳汪洋第二春。
暮岸风寒独钓月,
秋英顾恤眼前人。

2021.12.17

望江（新韵）

午岸众寻三月醉，
楼高放眼绿含窗。
情归何处春常在，
内敛深流问大江。

2022.3.5 午

东湖落雁景区踏春(新韵)

春湖碧漵显枯荣,
笑向闲云问异同。
鸟谧心藏多趣事,
鸭飞翅展少樊笼。
烟花透沁游人醉,
垂柳轻拂宿客浓。
一路欢歌皆暖色,
东风桃面众嫣红。

2022.3.12

望江（通韵）

窗外卧平湖，
桥横暗自孤。
接天云尽碧，
吻岸地甘俘。
絮语心难静，
漩流浪可舒。
春江生暖翠，
一望变插图。

2022.3.13 晨

周日午后江堤拾趣

绿地续春眠,
轻舒不羡仙。
孩童凭手戏,
老叟可心牵。
帐有飞天梦,
舟无入海篇。
东风生烤味,
静坐享江鲜。

2022.4.10

忆游云雾山花海（新韵）

朝发午至数长龙，
进退皆难西或东。
迷醉不知归宿地，
只缘身陷映山红。

2022.4.22

武汉野芷湖公园拾趣（新韵）

鳞波戏钓漂，
岸有美人蕉。
鸭笨知藏秀，
蜂勤误认骚。
浮萍惜挂念，
碧柳痛折腰。
蚁众来回问，
春和忌叫嚣。

2022.4.23

江堤掠影有感（新韵）

一字长蛇众钓江，
温柔以待有长枪。
但怜鱼乐寻他处，
蝶伴我行忘悚慌。

2022.5.1

向晚

窗外月如钩,
人孤酒醉愁。
江灯燃静水,
夜浪借轻舟。
向晚风催净,
常年念致柔。
悲无春渐逝,
怅憾守空楼。

2022.5.3

画堂春·雨后情

碧荷风雨独摇红,火云隐占苍穹。浪亲帆过访无踪。江水西东。

他日高楼阻断,窗间可见几松?眼临美景话千重。不憾相逢。

2022.7.17

秋日江岸掠影

浪花叠意逗重逢,
尽望飞舟一抹红。
上下挂牵终有系,
钓鱼钓景钓秋风。

2022.9.3

望江（通韵）

拦堤①一段水难分，
共色情融遍地云。
臂②钓秋江风破浪，
只留隙缝慰藉君。

注释

①拦堤：指武汉鹦鹉洲长江大桥上游江心一段人工所筑的长顺坝，是为了缩小航道宽度，从而抬高水深，利于行船，另外其形态还有束水的作用。江水丰沛的季节，该坝淹没在江水之下，一般只会在长江冬季的枯水期露出水面，而2022年夏季汛期返枯，该坝露出，让市民长时间看到别样的景致。

②臂：指临江高层建筑施工工地的长臂塔吊。

2022.10.1

晨起望江吟

手舀伸延可作汤，
窗前垂首嗅花香。
楼高几夜增千尺，
明日江房满眼房。

2022.10.2

东湖秋岸(通韵)

秋风着意画湖眉,
垂柳松刚伴水偎。
芦苇萧萧终吐雪,
情思飘逸把诗催。

2022.10.4 午

冬日江堤帐中随吟（通韵）

斗室偷闲有暖阳，
心宽路远地为床。
大江静水深流去，
一段屈身泪两行。

2022.11.20

夜巡武昌紫阳湖(新韵)

惜别三月夜湖巡,
阵阵蛙鸣亦闹春。
静水约停风摆柳,
季节不负有心人。

2023.3.31

日探谷①夜问村②（新韵）

梅村夜问洗尘埃，
明镜湖边成戏台。
千亩玫瑰独恋谷，
红黄白斗笑颜开。

注释

①谷：指黄梅县玫瑰谷生态旅游风景区。
②村：指黄梅县东山问梅村景区。

2023.5.1

黄昏江堤所见有感

江堤一字钓斜阳,
乐在桑榆舞咏忙。
振翅长空常系月,
实操紧握手中枪。

2023.5.24

夏夜江畔感吟

岸有欢歌堤钓静,
孤星伴月泛江黄。
东西来去何须问,
日子发霉晒夏阳。

2023.6.26 夜

夏夜追景

夏夜追凉潜躲家，
窗开觑望美图拿。
机鸣浪语凭栏处，
浸泡江灯当品茶。

2023.7.6 夜

独步掠影

江负金龙卧自横,
问云星隐月无声。
一池夏水休腾浪,
堤内深流亦镜平。

2023.7.22 夜

秋游颐和园（新韵）

回顾难平忆寇仇，
颐和园里众寻秋。
湖石洞透了尘事，
侧柏杆直削雨愁。
石舫泊无波逞恶，
长廊绘有画添柔。
风牵垂柳江南景，
万寿山巅人望牛。

2023.9.11

京沪行（通韵）

一日阴晴雨，
离京赴沪行。
亲朋游导乐，
女婿送接诚。
水陆层层秀，
湖江①满满情。
摘掇云万朵，
天籁有吾声。

注释

①湖江："湖"指颐和园内昆明湖；"江"指黄浦江。

2023.9.13

蜜泉湖①随吟

霏霏细雨蜜泉湖,
武侯坡寻二乔无。
弱旅逆袭东风破,
秋池独秀问尘途。

注释
　①蜜泉湖:在蜜泉湖旅游度假区内,该旅游度假区位于湖北省嘉鱼县官桥镇武侯坡。

2023.10.3

秋湖夏沙掠影（新韵）

蜜泉湖畔挹柔沙，
纵目浮云少日华。
几度春秋多意水①，
等闲丘地梦发芽。

注释

①意水：佛教语，谓禅定时心意寂静，湛然如水。

2023.10.3

江堤夜拾景（新韵）

秋风叠浪苇哈腰，
夜钓心宁背似雕。
一路零拾多处景，
星河有渡不迢迢。

2023.10.5

寺前掠影（新韵）

东山寺下问梅村，①
烟火人间最抚心。
餐后三千佛位步，
来回一路说灵因。

注释
　①东山寺下问梅村："东山寺"即黄梅五祖寺，位于湖北黄梅县五祖镇东山之上，在中国佛教史上占有重要的位置，又为旅游胜地。"问梅村"位于五祖寺东山脚下，是一个仿唐建筑的景区。

2024.2.12 夜

蔡山晋梅[①]（通韵）

千年古邑晋时梅，
昔处江心现稻陪。
纵有移栽花万朵，
不及二度把家回。

注释

[①]相传东晋时，有位高僧名叫支遁，为了访名山、做佛场，来到现湖北省黄梅县境内蔡山东侧半山腰修建寺庙，还在山的顶峰建了座摘星楼，并亲手栽种梅树一棵，世称"晋梅"，至今虽主干老朽，但新枝繁茂，因其一年两次开花，开花时间从冬及春，久艳不凋，故又称"二度梅"。

2024.2.15

泉城喜乐见(新韵)

千佛山下夜寻芳,
弥勒宽宏大肚藏。
一笑倾城泉百涌,
满湖美景羡鸳鸯。

2024.5.2

趵突泉（新韵）

趵突泉涌人堆浪，
鬼斧神工三玉壶。
饮水思源多虑忆，
感恩一脉不愁枯。

2024.5.2

大明湖感吟

大明湖畔客心明,
柳绿轻舟描水清。
我坐春风听夏雨,
多泉汇聚世无争。

2024.5.2 黄昏

阮郎归·初夏夜步江滩

江滩初夏夜轻柔。云遮弯月羞。路人垂钓水悠悠。蛙声唤我留。

行万步,浪催舟。灯藏一眼眸。落花有意望高楼。情倾不可收。

2024.5.6 夜

东湖拾图随吟（通韵）

湖光山色诗书画，
猫鸟幽拙静候缘。
举目长吟当欲醉，
苍穹牧场又春天。

2024.5.8 凌晨

夜遇情痴钓客有感

相思月瘦一扁舟,
美景无心看钓浮。
谁道高人多礼聘,
才知请柬变龙钩。

2024.5.9 夜

武昌紫阳公园随吟

桃花岛绿尽枝丫，
负重枇杷满树爬。
五月出荷探半喜，
雪松亦羡水中花。

2024.5.14 夜

夏夜武昌汉阳门拾图

华灯着色熠金波，
文化长廊载歌舞。
夏夜桥头多故事，
休闲岁月不蹉跎。

2024.5.17 夜

第三辑

DI SAN JI

家国抒怀

微澜心语

WEI LAN XIN YU

清明祭（新韵）

清新明朗日，
曲径步泥行。
层看松竹染，
独亲花草迎。
追思山落泪，
遮蔽树生情。
乡野闻鞭响，
添幽心绪宁。

2021.4.4

错过

三千弱水一瓢饮,
十里春风数段香。
物是人非银汉在,
回眸错过露成霜。

2021.4.19

青年节登恩施土司城

上下古城青蔻日,
沧桑厚重嵌新边。
灵魂热望无消退,
半世归来是少年。

2021.5.4

恩施入梦（新韵）

恩施觅梦入痴人，
梦入痴人缘难分。
分难缘人痴入梦，
人痴入梦觅施恩。

2021.5.5

建党百年欢庆有感（新韵）

霓虹璀璨舞翩跹，
嘹亮欢歌律扣弦。
万里清流描特色，
百年巨变谱新篇。
九州复盛人人乐，
四海皆平景景连。
爱我中华多庆跃，
红心向党倍思甜。

2021.6.26

建军节感怀

峥嵘岁月久弥坚,
热血英雄志戍边。
乐护常伸根伴树,
危临瞬救箭离弦。
山河无恙军强御,
世界和谐众共联。
柱石长城安禹迹,
旌旗党建永相传。

2021.7.30

江上划桨板运动掠影（新韵）

长江不复望云归，
浪遏飞舟落几回。
水阔天高心笃定，
均衡力量不悲摧。

2021.8.8 黄昏

忆师恩

书声琅琅数牵魂,
几度徘徊入校门。
指点轻狂无觅处,
师恩浩荡忆长存。

2021.9.10

无题(新韵)

今圈都晒月,①
举目我寻无。
伏案扎堆事,
归家补摄图。

注释

①今圈都晒月:忙碌之余打开朋友圈,看到一众亲朋好友晒出的赏月照片。

2021.9.21 午夜

国庆吟(新韵)

处处红旗红处处,
重重绿画绿重重。
七十有二强国梦,
共庆山河盛世中。

2021.10.1

国庆夜江滩掠影（新韵）

入夜江滩喜乐多，
堤台起舞献家国。
儿童老叟观灯秀，
信步闲庭浪里歌。

2021.10.1 夜

依依

寂夜月难眠,
天涯两挂牵。
归依终惜别,
聚散到何年。

2021.10.6 夜

长相思·家人生日聚庆（新韵）

送一秋，候一秋。秋去多情众挽留，烛光闪闪柔。

念悠悠，唱悠悠。唱到宵分匆始休，梦圆心里头。

2021.11.26

贺省卫生健康法学会成立[①]（新韵）

年冬喜聚省人民[②]，
助力医科拭旅尘。
快进登高谋法治，
冰融暖日在丹心。

注释

[①] 2021年12月19日，湖北省卫生健康法学会在武汉大学人民医院（湖北省人民医院）宣告成立并召开第一次会员大会。

[②] "省人民"：特指湖北省人民医院。

2021.12.19

珞珈诗社首次参会有感[①]（新韵）

人生半百弄词文，
四届春秋幸叩门。
举笔寻诗添益友，
冬寒念暖赋情深。

注释

① 2021 年 12 月 20 日，武汉大学珞珈诗社在校内召开第四次会员代表大会。

2021.12.20

贺新春（新韵）

忠牛负重终归去，
猛虎迎春喜跃来。
万众一心齐抗疫，
八方助力共驱霾。
精工海市攻坚路，
利器天宫领傲台。
盛世家园当爱顾，
花开富贵乐抒怀。

2022.1.22

贺神舟十三号载人飞船凯旋（通韵）

秋去春归六月期，
英雄载誉正还时。
天宫翘驻强国梦，
壮我中华有柱梯。

2022.4.16

慎独（新韵）

浊酒尽余欢，
情歌扰梦寒。
心平烛室暖，
一诺重如山。

2022.4.30

贺父亲生日有感（新韵）

慈父八十感念多，
至亲几代笑围桌。
烛生满满倾情爱，
糕有甜甜伴寿歌。
少小离乡学铁艺，
老来留汉遭牌窝。
家和万事皆如愿，
子孝媳贤亦正德。

2022.6.5

携母探望九十四岁姨妈（新韵）

人月今昔望共圆，
相逢姐妹在节前。
儿孙四海难归聚，
老母重温长辈怜。

2022.9.4

自嘲（通韵）

不羡千金不羡仙，
诗书默念悟德贤。
云烟飞渡寻归处，
一纸方格可作田。

2022.10.5

国庆节与老友武汉相聚(新韵)

一秋穿越夏连冬,
老友离别喜遇逢。
笑语欢声知冷暖,
只添华发雪无踪。

2022.10.5

心留一抹红

辞旧迎新往事空,
但留羞味念无穷。
风干隐痛歌诗献,
摇曳心中一抹红。

2023.1.2

百转千回

是非错对已离开,
如戏人生大舞台。
百转千回何必问,
铅华洗尽看尘埃。

2023.1.8

满江红·过年（通韵）

长假七天,悠哉乐、辗然脸上。街巷游、眼中美景,互相分享。携老幼园中漫步,霓虹闪烁心灯亮。少遮拦、转瞬返从前,欣无恙。

冬阳日,人气爽。归时夜,情歌唱。五音不全技,揉成粗犷。灯笼高悬添喜庆,新桃换旧家兴旺。新征程、踔厉奋发行,心跟党。

2023.1.26

二月春思

二月春光染柳烟,
千红万绿点情燃。
居高不见堂中燕,
历尽沧桑仍少年。

2023.2.25

赏文品韵

张灯吐艳赏文华，
且听风吟醉品茶。
慧语宣陶皆亦爱，
生辉素韵胜春花。

2023.2.26 晚

李强老师新诗分享会①

李杜文辞已少鲜，
强哥述奏远航弦。
诗吟蝴蝶低飞去，
会遇庄周幸贵缘。

注释

① 2023 年 3 月 18 日下午，受邀参加诗人李强在武汉青山区贵缘堂举办的读书会及新诗集《低飞与远航》的新书分享会。

2023.3.19

好汉归来①

好汉归来燃爆城,
江湖遨游醉春明。
知音台下传雅韵,
凌波门前听儒声。
道尽斑驳楚故事,
历经断续夏人情。
风光一路层叠秀,
最喜三元均我赢。

注释

①时隔三年,武汉马拉松于2023年4月16日在武汉市沿江大道青岛路口鸣枪开跑。

2023.4.16

返乡黄梅感吟

三年异客喜生惊,
耳畔雄鸡数打鸣。
九曲山弯今历遍,
明朝一路景通平。

2023.5.2

立夏次日长胜街感吟

雨霏夏至感丝凉,
今日黄安正艳阳。
古镇浸染忠烈血,
长街充溢众情肠。
铜锣震烁多勇士,
铁骑嘶鸣少孝郎。
大别山花红烂漫,
主题教育促远航。

2023.5.7

回乡下老宅(新韵)

慈父八十虑渐多,
缮修宅舍看田禾。
亲朋疏远难相见,
故土时听年少歌。

2023.6.18

武汉体育中心观中超联赛随吟（通韵）

重启中超竞绿茵，
承迎三镇大连人。
徒怜换帅添精气，
尚想袭门有厉神。
胜负守节当自勇，
得失逐利不堪辛。
纷争较劲未同畅，
炎夏心怡方遇春。

2023.6.28 夜

"七一"建党节抒怀

南湖破晓一舟桨,
逾百华年勇毅行。
科技创新书大爱,
峥嵘岁月颂真情。
以民作本廉风树,
立党为公善政盈。
试看东方旗漫卷,
硝烟尽散亦天晴。

2023.6.30

主场首胜[1]

夏雨无常战主场,
风云变幻半程凉。
蓝衫万众震天吼,
险胜终迎三镇郎。

注释

① 2023年7月8日,中超联赛第15轮武汉三镇队迎来主场首胜。

2023.7.8

西柏坡行吟（其一）

教育整顿西柏坡，
淬炼党性革命歌。
三圈石碾锦囊计，
四间泥房俗语波。
土改整党终守律，
保家卫田可拦河。
赶考路上先自问，
泪感老区满分科。

2023.7.14

西柏坡行吟（其二）

圣地白杨一遍真，
掩映荷塘不染尘。
"六条规定"立规矩，
"两个务必"告军民。
耕者有田土地法，
岗南迁建水粼粼。
脱贫攻坚倾力量，
老区人民又逢春。

2023.7.15 晨

冉庄行吟（通韵）

冉庄地道美名传，
隐蔽双出村户连。
槐树大钟三骤响，
军民共御寇亡颠。

2023.7.15 夜

无题

夜半速成歌,
淋漓变汗河。
倾情终未尽,
岁月已蹉跎。

2023.7.29

偶吟

岁月浅浅①过,
烟霞淡淡香。
人生专一叹,
夜雨落成伤。

注释

①浅浅:读 jiānjiān,形容水流声。

2023.9.26

观《志愿军：雄兵出击》（新韵）

一息尚在几棵松，
誓死难拔血溅峰。
无悔青春书可爱，
初生婴弱变蛟龙。

2023.10.2

窗望

窗外斜阳楼外楼，
人烟寂谧让人愁。
不知昼夜短长事，
岂懂常清江水流。

2023.10.5

走马（新韵）

十之有一马拉松，
早晚春光迥不同。
万众胜天天可艳，
孤芳赏雨亦英雄。

2024.3.24 夜

曲阜随吟

钩心斗角真工匠,
八面玲珑龙跃门。
冷凳警思严阁老,
先师重道孝贤孙。

2024.5.3

青年节返程感吟

孔孟之乡出俊贤，
先知先觉用心传。
至诚至圣今犹在，
天命归来一少年。

2024.5.4

夕阳醉吟

残阳如血映楼台,
静水难为洗垢埃。
燃尽心中多少事,
明朝醉醒复还来。

2024.5.22

第四辑
DI SI JI

医苑采风

微澜心语
WEI LAN XIN YU

驰援

敬我护医忙，
秋风不见凉。
情牵江夏郡，
力筑武昌墙。
火线当拼命，
村街表颂扬。
全民皆勇士，
指日可呈祥。

2021.8.8

贺夏中元教授[①]（新韵）

夏雨春风沁润心，
中流奋桨复苏人。
元龙[②]百尺恭谦让，
牛耳高执旷世文。

注释

①夏中元，武汉大学人民医院麻醉科主任，湖北省医学领军人才，湖北省突出贡献专家，湖北省政府专项津贴专家，湖北省医德楷模，湖北省五一劳动奖章获得者。2022年2月，"全球学者库"发布《2012—2021年全国麻醉科领域学者论文学术影响力排名》，夏中元教授位列第四名。

②"元龙"：系道教语，"得道"的别称。

2022.2.15

医苑"三八节"有感

天使擎天顶半边，
回春妙手可愈痊。
科研巾帼登高望，
不让须眉绘骋妍。

2022.3.7

"三八节"同乐(新韵)

三月红霞伴绿来,
八方敬贺壮风怀。
同行不让千斤担,
乐在花丛靥盛开。

2022.3.8

贺洪莉教授[①]（新韵）

洪润顽疾手有香，
莉花郁酿见情长。
真知好术传帮带，
棒指疑难隽誉扬。

注释

① 2022年4月28日下午，湖北省庆祝"五一"国际劳动节座谈会在洪山礼堂召开，会上宣读了《关于表彰2022年湖北五一劳动奖和湖北省工人先锋号的决定》。武汉大学人民医院(湖北省人民医院)妇产科主任洪莉教授荣膺湖北五一劳动奖章。

2022.4.30

致敬"5·12"国际护士节

白衣执甲战群魔,
燕帽莹洁匿秀波。
留住春天无日月,
感恩有你暖心窝。

2022.5.12

临江仙·贺人民医院第九次党代会（通韵）

党徽闪耀初心映，创新绘彩盈堂。善谋实干已飞航，百年名院写华章。

服务全民当恪守，战病魔护安康。炎天廉语送清凉，同心同向聚荣光。

2022.7.24

贺第五个"中国医师节"暨医师表彰会

金秋送爽喜盈堂,
五度欢期四颂扬①。
至善精医存大爱,
百年碧血谱华章。

注释

①四颂扬:武汉大学人民医院为表彰优秀医师而设立的特别贡献奖、医疗名家、医疗菁英、医疗春苗四类奖项。

2022.8.19

咏王高华教授[①]

高洁善诱慰心灵，
华盖遮拦救众生。
教导金方排隐郁，
授之自解沐春风。

注释

①王高华教授系武汉大学人民医院院长，精神卫生中心教授、主任医师，博士生导师，武汉大学人民医院精神科学科带头人。兼任中国医师协会精神科医师分会会长、中华医学分会心身医学分会副主任委员、中国研究型医院协会精神与心理专业委员会副主任委员。

2022.9.24

悼武汉大学卢烈红教授[①]（通韵）

昨夜凄风楚雨鸣，
珞珈训诂痛折英。
方言互证探诸史，
语法根究讨古名。
克己竹梅清气溢，
育人桃李妙香生。
说文解字缺君憾，
扼腕悲呻不了情。

注释

① 2023年1月13日20时40分，武汉大学文学院二级教授、博士生导师、著名语言学家卢烈红教授因病在武汉逝世，享年63岁。卢烈红教授毕生致力于汉语语法史、训诂学、方言的研究与教学，学术思想和学术成果灌溉学林，在学术界产生了重要影响。

2023.1.14

追悼"听诊大王"李庚山教授[①]（通韵）

听微可辨室深浅，
诊视消融首度生。
大众追思哀旧事，
王牌美誉术德赢。

注释

①武汉大学人民医院教授、主任医师、博士生导师，"听诊大王"李庚山同志，因病医治无效，于2023年1月17日8时18分在武汉逝世，享年91岁。2023年1月20日，李庚山教授追思会在武汉大学人民医院（湖北省人民医院）举行。

2023.1.20

"三甲"复审[①]有感

秋去春来终大考，
三天四载难生造。
铢积寸累见真章，
重在医人疾自晓。

注释

①"三甲"复审：指由卫生主管部门组织的为对三甲医院整体水平和综合实力全面评价和考核而进行的4年一次复审的评审制度。此次复审持续时间3天，至2023年3月10日现场评审结束。

2023.3.10

记湖北省卫生健康法学会2022年学术年会

春和四月天,
年会谱新篇。
医法健康系,
人机数字联。
聚焦时代术,
擘画未来专。
生命添繁绿,
星辰把脉传。

2023.4.8

健康科普[1]（通韵）

健美良医跃画屏，
康和故事笑声盈。
科学入脑融歌唱，
普惠人民百岁生。

注释

[1] 2023年8月16日，武汉大学人民医院举行第二届健康科普大赛决赛。

2023.8.16

医学创新

金风玉露润晨星①,
把脉山川护日宁。
潮涌鸿篇惊世浪,
智能有术我精灵②。

注释

①晨星:指"武汉大学人民医院健康号"医学遥感卫星。

②精灵:指武汉大学人民医院消化医院于红刚教授团队研发的"内镜精灵"系统,该系统率先将人工智能引入消化道早癌诊治,从而极大地提高了诊疗效率和质量。

2023.8.19

医师节随吟

金风送爽夜能霜,
仁爱医人重自康。
善待同行①真斗士,
余晖仍可作朝阳。

注释

①行:读 xíng。

2023.8.19

集体婚礼随吟①(通韵)

黄鹤楼前抱绣球,
俊男靓女月含羞。
鲜妆入场添亲笑,
素甲出征解众愁。
庆院百年兴立鹤,
成家卅对悦同舟。
爱书十月多情事,
盛世欢歌点亮秋。

注释

① 2023年10月9日晚,武汉大学人民医院(湖北省人民医院)第5届职工集体婚礼在黄鹤楼举行。当晚,黄鹤楼亮起景观灯,为新人们送上祝福。在亲友见证下,30对新人互换戒指,许下携手一生的诺言。

2023.10.9

法润医苑

浓秋转艳阳,
年会①谱华章。
法治剔医垢,
仁行促患康。
出新惊世术,
守正喜民方。
把脉家邦事,
研商律护航。

注释

① 2023年10月19—20日,湖北省法学会卫生法学研究会暨湖北省卫生健康法学会2023年学术年会在湖北潜江举行。

2023.10.21

建院百年①感吟

一院三区历百年，
都司湖畔潋医缘。
红心雨洒苍茫地，
明炬沙湾战狼烟。
遨游华夏星切脉，
融合创新谱鸿篇。
天使振翅从头越，
但见冰清酿玉泉。
人民健康人民护，
逐梦一流柱擎天。

注释

① 2023年10月27日,武汉大学人民医院召开建院百年纪念大会。

2023.10.27

诗润人民医苑

梅有凌寒独自开，
爱怜雪舞蜕尘埃。
光风霁月杏林苑，
诗润人民阔步来。

2024.1.12 夜

东院①冰梅

冰花剔透玉枝斜，
占尽风情院亦家。
只见寒梅人未见，
清香已沁遍天涯。

注释

①东院:指武汉大学人民医院(湖北省人民医院)光谷院区。

2024.2.2